Charles Dickens

PARA TODOS

© Sweet Cherry Publishing
Bleak House. Baseado na história original de Charles Dickens, adaptada por Philip Gooden. Sweet Cherry Publishing, Reino Unido, 2022.

Dados Internacionais de Catalogação na Publicação (CIP)
Angélica Ilacqua CRB-8/7057

Gooden, Philip
   A casa soturna / baseado na história original de Charles Dickens, adaptação de Philip Gooden ; tradução de Aline Coelho ; ilustrações de Jon Davis. -- Barueri, SP : Amora, 2022.
   96 p. : il.

ISBN 978-65-5530-435-0
Título original: Bleak House

1. Literatura infantojuvenil inglesa I. Título II. Dickens, Charles, 1812-1870 III. Coelho, Aline IV. Davis, Jon

---

22-4818   CDD 028.5

Índices para catálogo sistemático:
1. Literatura infantojuvenil inglesa

1ª edição

Amora, um selo editorial da Girassol Brasil Edições Eireli
Av. Copacabana, 325, Sala 1301
Alphaville – Barueri – SP – 06472-001
leitor@girassolbrasil.com.br
www.girassolbrasil.com.br

Direção editorial: Karine Gonçalves Pansa
Coordenação editorial: Carolina Cespedes
Tradução: Aline Coelho
Edição: Mônica Fleisher Alves
Assistente editorial: Laura Camanho
Design da capa: Pipi Sposito e Margot Reverdiau
Ilustrações: Jon Davis
Diagramação: Deborah Takaishi
Montagem de capa: Patricia Girotto
Audiolivro: Fundação Dorina Nowill

Impresso no Brasil

A CASA SOTURNA

Charles Dickens

amora

ESTHER

Era uma vez uma jovem chamada Esther Summerson. Ela não conheceu sua mãe ou seu pai.

Morava com uma tia, a srta. Barbary, uma mulher terrivelmente rígida, que jamais sorria ou falava com Esther de forma gentil.

Esther fazia muitas perguntas sobre seus pais, mas a tia nunca as respondia. Ela só mencionou a mãe de Esther uma vez, no dia de um aniversário da menina. A srta. Barbary disse a Esther que teria sido melhor se ela não tivesse nascido. E disse que a mãe dela era uma vergonha.

— Uma desgraça absoluta! — gritou para Esther. — Esqueça tudo sobre os inúteis dos seus pais.

Esther vivia infeliz e sozinha. Ela não costumava conviver com outras crianças. E mesmo quando isso acontecia, a tia a proibia de brincar com elas.

A única amiga que Esther tinha no mundo era sua boneca. Às vezes ela chorava até dormir, segurando a boneca pertinho do rosto.

Esther também tinha um lenço branco. Nele havia as letras H.B. bordadas com linha azul. Ela o guardava porque acreditava que havia pertencido à sua mãe.

Então, um dia, tudo mudou.

Quando Esther tinha quatorze anos, a tia morreu repentinamente. Um homem gentil chamado John Jarndyce passou a ser seu tutor. Ele mandou Esther para um internato. Nesse momento, pela primeira vez na vida, Esther fez amigos. E sentiu-se feliz.

Depois de seis alegres anos na escola, Esther recebeu uma carta. O sr. Jarndyce queria que ela viesse ficar na casa dele no interior, na chamada Casa Soturna. Esther ficou preocupada. Será que o lugar faria jus àquele nome?

O sr. Jarndyce também era o tutor de dois outros jovens: Ada Clare e Richard Carstone.

Eles eram parentes distantes da família dele. E ele também queria que os dois viessem morar na Casa Soturna.

Esther, Ada e Richard se conheceram em Londres, antes de viajarem juntos para a casa do sr. Jarndyce.

Ada tinha cabelos louros e volumosos e suaves olhos azuis. Ela era muito simpática. Esther logo sentiu como se já se conhecessem havia muito tempo.

Richard também era simpático. Era um jovem alegre, porém não levava a vida muito a sério.

Fazia muito frio na noite em que os três finalmente chegaram. A casa para a qual eles estavam indo ficava fora da cidade de Saint Albans. A verdade é que a Casa Soturna não parecia tão sombria. As luzes das velas brilhavam através de suas janelas e o calor transbordava pela porta da frente.

Seu tutor, John Jarndyce, estava lá para recebê-los. E não podia ter sido mais acolhedor.

— Ada, meu amor, Esther, minha querida, vocês são bem-vindas aqui — disse Jarndyce. E as abraçou.

— Estou muito feliz por ver você, Richard. Se eu tivesse uma mão a mais, apertaria a sua!

John Jarndyce era um homem grisalho, com o rosto cheio de bondade. Como seu dono, a casa era quente e acolhedora, e certamente de sombria não tinha nada.

Mas John Jarndyce explicou que, um dia, ela tinha sido realmente sombria.

A Casa Soturna tinha sido deixada para John por um tio, Tom Jarndyce.

Esse tio passou a vida lutando em um tribunal num caso chamado Jarndyce e Jarndyce. Esse caso tinha muitos, muitos anos. Era sobre um testamento.

Há muito tempo, alguém chamado Jarndyce havia deixado muito dinheiro para outra pessoa chamada Jarndyce. Mas uma terceira pessoa na família Jarndyce alegou que ela deveria receber o dinheiro. Em seguida, uma quarta pessoa disse a mesma coisa, e então uma quinta, e uma sexta, e assim por diante...

A disputa durou tantos anos que ninguém mais era capaz de se lembrar como tudo havia começado.

Advogados discutiram. Diferentes advogados apresentaram outros argumentos diferentes. Juízes fizeram julgamentos. Diferentes juízes fizeram outros julgamentos diferentes.

Todo mundo deu voltas e voltas em círculos.

O caso não tinha fim. Mas alguns membros da família Jarndyce ainda esperavam que, um dia, *eles* pudessem receber o dinheiro.

O velho Tom Jarndyce passou a vida toda lendo documentos e mais documentos. E ele voltou ao tribunal muitas vezes. O tribunal ficava no centro de Londres e, por isso, ele viajava muito. Enquanto isso, a Casa Soturna ia caindo aos pedaços.

O vento assobiava através das paredes rachadas e a chuva havia derrubado o telhado.

Depois que Tom morreu, John Jarndyce começou a acertar as coisas. Ele mandou consertar o telhado e as paredes.

E transformou a Casa Soturna em uma casa alegre e acolhedora.

John deu um conselho precioso para seus jovens protegidos: Ada, Richard e Esther.

— Nunca se envolvam no caso Jarndyce e Jarndyce. É uma maldição, não uma bênção. Ele vai destruir suas vidas.

A Sra. Dedlock

A sra. Dedlock estava envolvida com o caso Jarndyce e Jarndyce. Ela e o marido, o sr. Leicester Dedlock, tinham uma casa no interior. Era uma propriedade muito maior e ainda mais imponente do que a Casa Soturna.

O único problema era que a sra. Dedlock achou o interior muito entediante. Não havia nada para se fazer lá. Principalmente quando o tempo estava chuvoso e úmido. Os Dedlocks passavam os dias sentados

vendo a chuva. Até que acabaram se cansando disso.

— Nós temos que voltar para Londres — disse um dia a sra. Dedlock ao marido. — Não consigo ver nem mais uma gota de chuva escorrer pela janela. Eu vou enlouquecer!

E, assim, eles partiram. O sr. Leicester e a sra. Dedlock foram para sua casa em Londres, uma cidade onde havia mais animação.

Um dia, um advogado chamado Tulkinghorn veio vê-los. Ele tinha uma informação que queria mostrar aos Dedlocks. O sr. Tulkinghorn era um homem de rosto duro e nariz pontiagudo. Ele trabalhou no caso Jarndyce e Jarndyce. E também gostava de descobrir segredos sobre as pessoas importantes para as quais trabalhava. Conhecer os segredos lhe dava poder sobre elas, e ele amava o poder.

Era uma tarde fria, úmida e sombria e a sra. Dedlock estava sentada em um sofá perto da lareira. Ela não estava interessada no que o sr. Tulkinghorn tinha a dizer. E olhou preguiçosamente para os papéis que ele trouxe consigo.

A sra. Dedlock pensou ter reconhecido um dos papéis manuscritos dispostos em uma mesa próxima. E naquele momento ela gelou. Não poderia ser, poderia? Ela se levantou.

— Quem escreveu isso? — ela perguntou ao sr. Tulkinghorn.

— Não sei — respondeu o advogado. — Há homens pagos para copiar esses documentos. Por que pergunta, minha senhora?

A sra. Dedlock fez um aceno elegante no ar como que para mostrar que aquela pergunta não importava. Os anéis em sua mão brilharam à luz do fogo. Ela se sentou novamente.

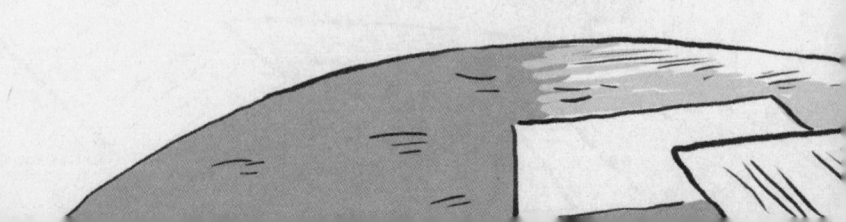

Mas a pergunta era mesmo importante.

O sr. Tulkinghorn viu como os olhos da sra. Dedlock continuaram correndo pelo papel sobre a mesa. Era óbvio para o sr. Tulkinghorn que ela tinha reconhecido aquela caligrafia.

De repente, a cor sumiu do rosto da sra. Dedlock. Ela pensou que poderia desmaiar. Mas o sr. Leicester chamou Hortense, a empregada, que a ajudou a se deitar.

O marido da sra. Dedlock ficou preocupado com a esposa. Ele não havia notado nada estranho sobre a

forma como ela tinha agido. Por ser muito mais velho que ela, sua visão e sua audição já não eram tão aguçadas.

Ao terminarem a conversa, o sr. Tulkinghorn não conseguia parar de pensar no que tinha acontecido.

Ficou claro que a sra. Dedlock tinha um segredo, e ele gostava de colecionar segredos. E resolveu então descobrir quem copiou o documento pelo qual ela ficou tão curiosa.

O Sr. Tulkinghorn Investiga

O sr. Tulkinghorn foi ao escritório onde os documentos haviam sido preparados. E descobriu que o trabalho tinha sido feito por alguém chamado Nemo.

Nemo?

Isso era estranho. Nemo era uma palavra do latim que significava "ninguém".

Tulkinghorn soube então que Nemo morava ali perto. Ele alugava um quarto que ficava no andar de cima de uma loja de sucata. Era noite, mas o sr. Tulkinghorn estava determinado a visitar o tal Nemo.

Quem era ele? E por que a sra. Dedlock reagiu de forma tão estranha àquela caligrafia?

O dono da loja de sucata, o sr. Krook, disse ao sr. Tulkinghorn que ele quase nunca via Nemo.

— Devo chamá-lo, senhor? Eu não acho que ele vá responder. Ele também pode estar morto. O sr. Nemo vive sozinho.

— Vou até ele então — respondeu o sr. Tulkinghorn.

— Segundo andar, senhor. Está escuro lá em cima. Pegue esta vela.

O sr. Tulkinghorn aceitou e foi subindo as escadas estreitas. Ele alcançou a porta escura no segundo andar.

E bateu.

Nenhuma resposta.

Ele abriu a porta e acidentalmente apagou a vela ao fazer isso.

A pequena sala estava escura, toda coberta com fuligem e sujeira. Uma vela queimava em uma mesa quebrada. O sr. Tulkinghorn também pôde ver um par de cadeiras e uma cama baixa.

Havia um homem deitado na cama, vestido com uma camisa suja, calças esfarrapadas e com os pés descalços. Seu cabelo e barba estavam embaraçados

Duas garrafas vazias estavam no chão, ao lado da cama.

— Olá, meu amigo! — gritou Tulkinghorn, batendo o castiçal contra a porta.

O homem não se mexeu nem respondeu.

O sr. Tulkinghorn gritou novamente.

Ainda assim, o homem na cama não se moveu, e também não respondeu.

O sr. Tulkinghorn chamou um médico, mas era tarde demais. Nemo estava morto.

Ele não era velho, mas bebia, e a pobreza apressou sua morte. O sr. Krook, proprietário do apartamento onde Nemo morava, reclamou que o morto ainda lhe devia seis semanas de aluguel.

Apenas uma pessoa parecia estar triste com a morte de Nemo. Era um jovem rapaz chamado Jo, que não sabia ler ou escrever e dormia nas ruas. Algumas vezes, ele recebia alguns trocados de algumas senhoras ricas para varrer as ruas antes que elas as cruzassem.

Nemo tinha sido gentil com Jo. Apesar de quase não ter dinheiro, ele sempre dava um centavo ou dois para o menino. Jo soluçou. E desejou ter dito a Nemo o quanto sua ajuda tinha sido importante para ele.

O sr. Tulkinghorn ficou ao lado do garoto e assistiu a tudo. E se perguntou novamente por que a sra. Dedlock tinha ficado tão assustada ao ver a letra de Nemo.

O sr. Tulkinghorn teria feito ainda mais perguntas se ele tivesse visto o que aconteceu algumas semanas depois.

Certa noite, uma mulher encontrou Jo, o varredor, sentado na porta de uma loja. Ela perguntou ao rapaz sobre seu amigo, o homem chamado Nemo. Jo estava um pouco assustado. Ele não podia ver o rosto da mulher por debaixo do chapéu e do véu que ela usava. Só podia ouvir sua voz suave. Ela certamente parecia uma dama, mas estava vestida com roupas simples, como uma empregada.

Ela disse que iria pagar Jo para
levá-la até a casa onde Nemo
morreu. Então ela pediu para ver

o lugar onde o corpo foi sepultado. O cemitério ficava em uma região pobre de Londres, atrás de um portão gradeado.

Ela olhou através das barras de ferro e suspirou. Quando tirou as luvas para pegar o dinheiro da bolsa, Jo notou como suas mãos eram limpas e pequenas. Ele viu os muitos anéis que brilhavam em seus dedos.

"Muito estranha essa empregada", ele pensou.

A Sra. Dedlock e Esther

Um dia, o sr. Leicester e a sra. Dedlock foram visitar alguns amigos no interior. Eles moravam perto da Casa Soturna. A sra. Dedlock saiu para um passeio acompanhada de sua empregada, Hortense.

Mas, de repente, uma violenta tempestade se formou no céu. Relâmpagos e trovões iluminaram tudo e rapidamente começou a chover.

Por sorte, havia uma casa de campo vazia nas proximidades. A sra. Dedlock e Hortense se esconderam na entrada coberta do lugar. Instantes depois, mais três pessoas chegaram ali.

Eram John Jarndyce e suas protegidas, Ada e Esther. Eles também tinham sido apanhados de surpresa pela tempestade.

O sr. Jarndyce já conhecia a sra. Dedlock, a quem apresentou suas pupilas. Lady Dedlock disse a Ada o quão bonita ela era. Então, ela se virou para Esther.

— Você perdeu seus pais, srta. Summerson?

— Eu não cheguei a conhecê-los — Esther respondeu.

Por alguma razão, Esther achou difícil falar sobre aquele assunto. Seu coração estava batendo rápido e sua voz soou distante aos seus próprios ouvidos. Ao mesmo tempo, um estranho sentimento tomou conta do semblante da sra. Dedlock.

Ela se virou e ficou conversando com o sr. Jarndyce.

O tempo todo, Hortense ficou observando a sra. Dedlock e Esther com muito cuidado.

Quando a tempestade passou e eles voltaram à Casa Soturna, Esther

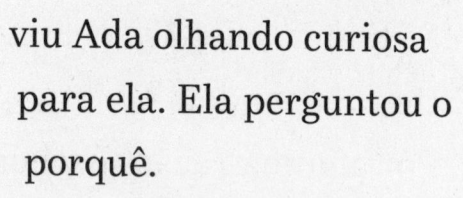 viu Ada olhando curiosa para ela. Ela perguntou o porquê.

— Ah, não é nada — disse Ada. — É que eu não pude deixar de notar que você e a sra. Dedlock... Bem, Esther, você se parece muito com ela.

48

Esther ficou tão surpresa que quase se esqueceu de rir.

Afinal, que conexão poderia haver entre uma jovem simples e humilde e uma grande dama?

Ada Clare rapidamente apagou aquela ideia da cabeça. Ela tinha outras coisas nas quais pensar. Ela e Richard Carstone se apaixonaram e planejavam se casar. John Jarndyce

apoiava a ideia. Ele gostava muito dos dois e queria vê-los felizes. Mas ele se preocupava com Richard.

— O problema de Richard — disse a Esther — é que ele parece não conseguir se estabelecer. Ele coloca todas as suas esperanças na ideia de que, um dia, vai ganhar dinheiro com o caso Jarndyce e Jarndyce. Assim como meu tio Tom, ele está ansioso para ficar rico.

— Você não acha que isso vai acontecer, não é mesmo? — perguntou Esther.

— As únicas pessoas que ganham dinheiro com o caso Jarndyce e Jarndyce são os advogados —

murmurou John Jarndyce. — Esse assunto só traz a ruína para todos os outros.

A Sra. Dedlock e o Sr. Tulkinghorn

Enquanto isso, o sr. Tulkinghorn continuava sua investigação sobre o misterioso Nemo. Ele tinha feito algumas descobertas e, por isso, era hora de visitar a sra. Dedlock. Tulkinghorn foi até sua casa e ficou frente a frente com a sra. Dedlock. Ela estava sentada em uma cadeira perto da lareira. Ele se inclinou até ela. O sr. Tulkinghorn era alto e estava todo vestido de preto.

Com seu nariz pontiagudo e a testa franzida, ele parecia uma ave de rapina.

— Tenho uma pergunta — ele começou. — A senhora conheceu um oficial do exército britânico chamado Capitão James Hawdon?

A sra. Dedlock pôs a mão na boca. Os anéis em seus dedos brilharam à luz do fogo.

— O Capitão Hawdon passou por momentos difíceis e começou a beber. No final, ele se tornou um simples copista de documentos. E ficou tão envergonhado do que se tornou que se isolou dos outros e passou a usar o nome Nemo.

— Eu não sabia disso, sr. Tulkinghorn — respondeu Dedlock.

Ela estava tentando manter a calma. Mas o advogado percebeu um tremor em sua voz.

— Isso *não* é verdade — disse ele —, pois a senhora reconheceu a caligrafia do Capitão Hawdon nos papéis que mostrei a senhora há alguns meses. Ou estou errado? — e lançou um olhar severo.

— Eu o amava — disse a sra. Dedlock. — Eu amava James Hawdon.

O sr. Tulkinghorn contou a ela como localizou Jo, o varredor de ruas. Ele ouviu tudo sobre a senhora com o véu que desejava ver onde o corpo de Nemo estava enterrado.

— Eu acredito que a mulher do véu era a senhora. E estava vestida com as roupas de sua empregada Hortense.

— Você já sabe então toda a verdade — disse a sra. Dedlock.

O sr. Tulkinghorn sabia de tudo pois, na verdade, ele pagou a Hortense para espionar a sra. Dedlock.

— Você teve um filho com o Capitão Hawdon — continuou o sr. Tulkinghorn. — O que aconteceu depois disso?

— Eu era muito jovem. Minha irmã, Anne Barbary, estava lá. Eu estava muito doente na época, e minha garotinha morreu horas depois do nascimento. Minha irmã não aceitava eu ter tido uma filha sem ser casada. Ela me disse que eu era uma desgraça. Paramos de nos falar e agora ela também está morta.

— Mas sua filha está viva — disse o sr. Tulkinghorn. A sra. Dedlock suspirou. — Sua irmã cuidou dela até a morte, e hoje a menina vive com o sr. John Jarndyce. Ele é o tutor dela. Seu nome é Esther Summerson. — Ela então respirou fundo.

A sra. Dedlock lembrou-se do encontro com Esther durante a tempestade.

— Por que você está me contando tudo isso? — ela perguntou.

— Não acha que uma mãe deveria conhecer a própria filha? — disse o sr. Tulkinghorn. Então um brilho perverso iluminou seus olhos. — E não acha que o sr. Leicester Dedlock deva ser informado sobre os segredos do seu passado?

— Não diga nada a ele — implorou. — O choque pode levá-lo à morte.

— Veremos — disse o sr. Tulkinghorn.

Ele se virou e saiu da sala como uma grande e maligna ave de rapina.

A Sra. Dedlock e Esther

Esther Summerson andara muito doente. John Jarndyce e Ada tinham ficado preocupados com ela. Mas agora, finalmente, ela estava melhorando e se sentia melhor.

Esther estava caminhando perto da Casa Soturna. Ela subiu uma ladeira e se sentou em um banco para olhar os campos e os bosques ensolarados. Alguém estava vindo em sua direção. Ela ficou surpresa ao reconhecer a sra. Dedlock.

— Srta. Summerson, receio ter assustado você — disse a sra. Dedlock. — Ouvi dizer que esteve muito doente.

O rosto da sra. Dedlock estava pálido. Ela se sentou ao lado de Esther e pegou a mão da menina.

— Minha querida, tenho algo para lhe contar... — começou ela, mas não conseguiu continuar. Seus olhos se encheram de lágrimas. Enquanto ela os enxugava, Esther notou que a sra. Dedlock segurava um lenço branco com as letras H.B. bordadas com linha azul. Era igualzinho ao lenço que ela sempre guardou porque era de sua mãe.

Esther olhou para a sra. Dedlock, mas não podia vê-la através das próprias lágrimas. Ela mal conseguia respirar.

A menina Esther e a sra. Dedlock se abraçaram.

Depois de um tempo, a sra. Dedlock contou a Esther sobre seu pai, o Capitão James Hawdon. Contou que eles tinham sido profundamente apaixonados quando ainda eram muito jovens. Que sua família tinha reprovado aquele romance e ela e James Hawdon haviam se separado. Contou também que tinha dado à luz uma menina. E

que foi informada de que sua filha morreu pouco depois do nascimento.

Mas, em vez disso, a bebê, Esther, foi levada e criada por sua irmã, Anne Barbary. A sra. Dedlock na verdade se chamava Honoria Barbary, por isso as iniciais H.B.

Então ela se tornou a sra. Dedlock, uma mulher rica, dona de muitas propriedades. O marido, o sr. Leicester Dedlock, era um homem idoso e respeitável. Ele a amava, mas não sabia nada sobre sua vida passada.

Ela achou que seu passado estava morto e enterrado. Mas isso foi antes de ver a caligrafia que ela reconheceu como sendo a de James Hawdon, o pai de Esther.

Esther mal conseguia assimilar tudo aquilo.

E antes que pudesse responder qualquer coisa, a sra. Dedlock disse que elas não poderiam mais se ver pois algo havia acontecido.

Um homem chamado Tulkinghorn conhecia o segredo dela, e ia contar tudo ao seu marido. O sr. Leicester nunca a perdoaria. Ela não sabia o que fazer. E poderia ter que deixar a Inglaterra para sempre.

Esther tentou convencê-la a ficar, mas a mãe lhe deu um abraço e um beijo. E então foi embora.

O Sr. Tulkinghorn

O sr. Tulkinghorn estava desfrutando de seu poder. E brincava com a sra. Dedlock como um gato brinca com um rato. Se revelasse o passado dela, ele poderia arruinar a vida de todos ao seu redor.

Devia fazer isso ou não? Tudo ia depender da atitude da sra. Dedlock.

O advogado foi visitá-la, pois queria assustá-la. Se acreditasse que ele iria revelar o segredo, ela lhe daria o que quisesse.

Quando ele chegou ao lado de fora da casa, uma das empregadas da sra. Dedlock estava indo embora com algumas malas. O sr. Tulkinghorn ficou furioso. A sra. Dedlock estava se livrando das pessoas ao seu redor, então ele teria menos espiões para observá-la.

Ele entrou na casa.

— Eu não aprovo o que está fazendo — disse ele com raiva. — Vejo que está tentando escapar dessa situação.

— Por que eu não deveria? — disse a sra. Dedlock.

— Porque a senhora me obrigou a revelar o segredo que tenta esconder — respondeu o sr. Tulkinghorn. — Você não pode se livrar de mim. — Com isso, o advogado deu meia-volta e foi embora.

Mais tarde, naquela noite, o sr. Tulkinghorn ficou trabalhando em seu escritório. Hortense, a empregada da sra. Dedlock, foi visitá-lo.

Agora que o sr. Tulkinghorn havia descoberto os segredos da sra. Dedlock,

ele não precisava mais de Hortense.
E não iria mais pagá-la.

Ela ficou com raiva.

Hortense tinha um temperamento
forte. Ela gritou tanto que o sr.
Tulkinghorn a expulsou dali. Ela
deixou o escritório e desceu a escada
pisando forte.

A noite estava muito
tranquila. A lua brilhava.

E sua luz deixou as torres da igreja e os telhados de Londres prateados.

Se estivesse andando do lado de fora do gabinete do sr. Tulkinghorn pouco antes das dez horas daquela noite, você teria ouvido o disparo de uma arma.

E se tivesse aberto a porta
e subido as escadas para ir ao
escritório do sr. Tulkinghorn, você
não o veria em sua mesa. Ele estava
deitado de bruços no chão. Ele tinha
levado um tiro que atravessou
seu coração.

O Sr. Bucket Investiga

Havia um inspetor de polícia em Londres chamado Bucket (balde em inglês). Era um nome bastante estranho, mas adequado para o inspetor. Ele era roliço como um balde, e gostava de colher informações sobre todas as suas investigações.

O inspetor Bucket estava investigando o assassinato do sr. Tulkinghorn. Algum desconhecido lhe enviara um bilhete: "Sra. Dedlock, assassina".

Mas o inspetor Bucket não acreditava em tudo o que via ou lia. Ele pensava com muito cuidado sobre cada detalhe.

Ele visitou o sr. Leicester Dedlock, porque o sr. Tulkinghorn tinha sido o advogado dele.

O inspetor Bucket contou ao sr. Leicester tudo o que descobriu sobre o passado de sua esposa.

Como ela havia se apaixonado por um jovem capitão do exército. Como ela teve um bebê sem ser casada, e como ela acreditava que sua filha

tinha morrido. O sr. Leicester ficou horrorizado ao ouvir o quanto sua esposa tinha sofrido. E agora ela tinha fugido.

O inspetor Bucket pensou por um instante. Aquilo era suspeito. Talvez a sra. Dedlock *fosse* a assassina.

Então o inspetor Bucket interrogou Hortense, a ex-empregada.

Hortense admitiu que conhecia o sr. Tulkinghorn, mas não disse que ele a pagou para espionar sua patroa. O inspetor Bucket notou que Hortense ficou nervosa quando disse o nome do sr. Tulkinghorn.

O barulho do tiro que matou
Tulkinghorn tinha sido alto o suficiente
para fazer os cachorros começarem a
latir. Também tinha sido alto o suficiente
para fazer alguns vizinhos irem até
as janelas de suas casas. Alguns deles
viram uma figura se esgueirando pelas
sombras. Uma mulher alta.

A sra. Dedlock era uma mulher alta. Mas Hortense também era.

O inspetor vasculhou o quarto da empregada. Lá, encontrou mais duas cartas com os mesmos dizeres do bilhete encontrado no escritório do sr. Tulkinghorn:

"Sra. Dedlock, assassina".

O inspetor Bucket resolveu prender Hortense.

Ela rapidamente admitiu que tinha assassinado o sr. Tulkinghorn. E matou o advogado após uma discussão que tiveram sobre dinheiro. Depois,

ela jogou a pistola no rio e tentou fazer a sra. Dedlock parecer culpada.

Mas onde estava a sra. Dedlock?

Esther Summerson e o inspetor Bucket começaram a procurá-la.

O sr. Leicester estava triste demais para se juntar a eles. A sra. Dedlock não deveria ter se preocupado. O marido não ficou irritado quando descobriu seu segredo. Ele a amava muito e a queria de volta.

Esther também estava desesperada para ver a mãe recém-descoberta.

Mas não era para ser.

Quando a encontraram, a sra. Dedlock estava deitada no portão do cemitério dos pobres. O lugar onde seu primeiro amor, o Capitão James Hawdon, foi enterrado. Seu braço estava preso em uma barra de ferro, como se ela estivesse tentando passar para se juntar a ele.

Os olhos de Esther se encheram de lágrimas. Sua mãe, a sra. Deadlock, estava morta.

O Fim de Jarndyce e Jarndyce

A vida seguiu e, um dia, chegou a notícia de que o caso Jarndyce e Jarndyce tinha por fim sido encerrado. Fazia tanto tempo que ninguém esperava que isso pudesse acontecer. Agora, finalmente, tudo tinha acabado.

Como se esperava, Esther, Ada, Richard e o sr. Jarndyce estavam lá para ver o fim daquela saga. Richard ignorou os conselhos de John Jarndyce e se envolveu no caso até seu último fio de cabelo.

Acompanhava cada detalhe. Até que sua saúde ficou debilitada. Ele estava pálido e magro. Os amigos ficaram muito preocupados.

Certa manhã, todos foram ao tribunal de Londres. Quando lá chegaram, foram recebidos por uma enorme multidão. Havia muitos advogados com perucas, como era o costume nos tribunais. Eles estavam

todos de bom humor, conversando e brincando.

— O que está acontecendo? — John Jarndyce perguntou a um dos advogados.

— Você não ouviu? — ele respondeu. — É o caso Jarndyce e Jarndyce.

— O que houve a respeito de Jarndyce e Jarndyce? — perguntou Richard ansioso. Os olhos dele brilhavam. Sua voz estava rouca.

— Ora, acabou — disse outro advogado.

— Está tudo acabado — disse um terceiro.

— Qual é a sentença? — perguntou Richard.

— Não há sentença.

— Por que não? — perguntou o sr. Jarndyce.

Agora, mais pessoas estavam saindo do tribunal. Eles estavam carregando grandes pacotes de papel. Sacos de papel, caixas de papel.

— Não há mais dinheiro — disse um dos advogados, rindo. — Tudo se foi.

— Foi para onde? — perguntou Ada.

— Bem — disse o advogado — custa dinheiro produzir toda essa papelada e pagar pessoas como nós, você sabe.

— E agora tudo se foi — disse John Jarndyce.

Por muitos e muitos anos, o caso Jarndyce e

Jarndyce tinha ocupado a vida das pessoas. E muitas vezes isso as levou à ruína. Richard foi salvo a tempo.

Com o processo judicial encerrado, Richard poderia seguir em frente com sua vida. Logo, ele e Ada estavam casados e tiveram um filho.

Esther também seguiu sua vida feliz. Casou-se com um homem que ela amou e com quem teve filhos. Ela esteve com a sra. Dedlock apenas duas vezes, mas guardou a memória da mãe em seu coração. E carregava sempre consigo o lenço branco.

O tecido estava fino e desbotado agora, mas ainda conservava as letras H.B.

As iniciais de sua mãe.

Charles Dickens

Charles Dickens nasceu na cidade de Portsmouth (Inglaterra), em 1812. Como muitos de seus personagens, sua família era pobre e ele teve uma infância difícil. Já adulto, tornou-se conhecido em todo o mundo por seus livros. Ele é lembrado como um dos escritores mais importantes de sua época.

Para conhecer outros livros do autor e da coleção *Grandes Clássicos*, acesse: www.girassolbrasil.com.br.